Bugie
INNOCENTI

GIANNA GABRIELA

COPYRIGHT

DEDICA

Alle avventure.
Al lanciarsi senza paracadute.
Al lasciare la propria comfort zone e tuffarsi in qualcosa di nuovo.
Io l'ho appena fatto scrivendo questa storia.
Con amore,
Gianna

PROLOGO

Addison Brown

Sono seduta in aula, senza ascoltare sul serio quello che dice il professore. Sono troppo distratta. Conto alla rovescia i secondi che mancano alla fine della lezione. Già, i secondi. L'ufficio del Programma Studi all'Estero ci ha detto che alle cinque del pomeriggio ci avrebbero comunicato se avremmo fatto parte o meno del programma.

Sono le 16:50 proprio adesso.

La lezione finirà alle cinque in punto. Inizio a battere il piede involontariamente. Non credo di poter stare seduta qui in silenzio ancora a lungo, a fingere di ascoltare. Perché, quando vuoi che il tempo voli, ci impiega sempre di più a trascorrere di quanto sia scientificamente possibile?

Sono le 16:51.

Conosco la Bragan University abbastanza da sapere che non avrò un'email ad aspettarmi nella casella di posta alle cinque in punto. L'amministrazione cerca sempre di tenerci sulle spine. Io penso solo che facciano schifo. Ad ogni modo, nonostante sia consapevole che non riceverò alcuna email, attendo con impazienza.

«Signorina Brown?»

Distolgo lo sguardo dall'orologio sulla parete e lo dirigo verso il professore.

Cazzo! Mi ha chiamata. «Sì?»

«Vuole che ripeta la domanda?»

Annuisco, la bocca improvvisamente secca.

«Qual era la partecipazione al caso?» Chiede il professor Philips, e guardo freneticamente il mio quaderno, desiderando di aver preso appunti.

Angelica Simmons, la rovina della mia esistenza, si schiarisce delicatamente la gola e alza la mano. Sono poche le persone che disprezzo, ma Angelica si è guadagnata il suo posto in cima alla lista ai tempi del liceo. Non posso credere che siamo finite nella stessa università. Sette anni insieme mi sembrano una condanna in prigione.

«Sì, signorina Simmons», la chiama il professore, il tono più gentile con lei che con me. Immagino di essermelo meritato per aver perso la maggior parte delle sue lezioni, se non tutte.

«La corte ha ritenuto che la Clausola sul Commercio conferisse al Congresso il potere di richiedere agli alberghi e ai ristoranti di servire le persone di colore.»

Lo sapevo. Sul serio, lo sapevo! Ho letto il caso e mi sono informata settimane fa.

Se solo avessi capito di quale caso stesse parlando il professore, sarei stata io a beneficiare del suo sorriso di approvazione adesso. Sarei stata sulla sua lista dei buoni. Dio solo sa quanto mi toccherà studiare se voglio provare a passare questo corso.

«Ben fatto, signorina Simmons», la loda il professore, e

guardo Angelica abbastanza a lungo da permetterle di rivolgermi un sorriso compiaciuto.

Vorrei scappare da qui.

Guardo il telefono, strategicamente posizionato in grembo, dal momento che il professore non ammette tecnologia in classe.

Le 16:58.

Mancano solo due minuti alla fine di questa lezione e poi potrò iniziare a controllare ossessivamente la casella di posta. Se non altro, il mio attimo di imbarazzo ha fatto passare il tempo più in fretta.

«Va bene, classe», conclude il professore, e il mio sguardo torna su di lui. «Ricordate le letture per domani. Trovate tutto nel programma. Oh, e signorina Brown?» Aggiunge alla fine.

Sprofondo sulla sedia.

«Sarà a mia disposizione domani.» Queste sono le ultime parole che gli escono di bocca, parole contro le quali non posso discutere, ma che vorrei tanto potesse rimangiarsi. *A sua disposizione* significa che dovrò rispondere a tutte le sue domande, domani, e dovrò essere pronta. Gemo pensando a tutte le letture che dovrò recuperare stasera.

«Sì, signore», mormoro sottovoce, mettendo il quaderno nella borsa dei libri.

Angelica mi passa accanto. «Patetica», dice scuotendo la testa.

Lascio che il suo insulto mi scivoli addosso, senza sprecare il mio tempo. Da quando la conosco, è stata una pessima ragazza. All'inizio la tolleravo, ma più tempo passavo in sua presenza, meno riuscivo a sopportare. Adesso fingo soltanto che non esista e le sue parole non mi sfiorano minimamente.

Estraggo il telefono e apro l'app della posta elettronica, vedendo dieci mail che mi aspettano. Prego solo che quella che voglio sia tra queste. Devo andarmene da questa università...

Da questa città.

Dall'America.

Mentre scorro l'elenco, sono delusa nel vedere che nessuna email è quella che sto aspettando.

Frustrata, percorro a piedi la breve distanza dall'università al mio appartamento fuori dal campus. Per tutto il tempo, continuo ad aggiornare la casella della posta in arrivo, ma non c'è nessuna novità. Prendo l'ascensore fino al mio monolocale ed entro. Lascio cadere la borsa sulla sedia, riscaldo un po' di cibo avanzato e fisso il telefono come se questo potesse farmi arrivare qualche notifica. È inutile, comunque. L'università ci farà aspettare sicuramente fino a domani.

Tiro fuori il cibo dal microonde e mi lascio cadere su una sedia di fronte alla TV. Guarderò un film prima di prepararmi per il giro di domande di domani.

Proprio mentre premo il tasto *Netflix* sul telecomando, il telefono suona per una notifica. Penso di ignorarlo, ma la parte più disperata di me, quella desiderosa di intraprendere una nuova avventura, non me lo permette.

Mi alzo dalla sedia e prendo il telefono da dove l'ho lanciato sul letto. Chiudo gli occhi e inspiro a fondo, trovando l'icona della posta che mostra tre messaggi non letti. Il mio sguardo corre subito a quello che aspettavo da tempo.

L'oggetto della mail dice: *Studiare a Londra*.

Prima di dare di matto, apro il messaggio e vengo accolta dalle parole più belle che abbia mai letto da un'eternità:

Benvenuta al Programma Studi all'Estero. La sua domanda per trascorrere un anno di studio a Londra è stata approvata.

Sorrido ampiamente mentre leggo il resto della mail. È questo il tipo di notizia che aspettavo, la possibilità di sperimentare qualcosa di nuovo.

CAPITOLO 1

Addison Brown

Otto mesi dopo...

«Cosa farete tutti per Natale?» Il professore fa la temuta domanda che sapevo sarebbe arrivata prima o poi. L'hanno fatta tutti i professori, e tutti faranno qualcosa di meraviglioso per Natale.

Tutti tranne me.

I miei colleghi vedranno le loro famiglie, prepareranno la cena in casa e si divertiranno a decorare l'albero. Io resterò qui a Londra e non farò niente. Immagino di non poter incolpare nessun altro se non me stessa. Avrei potuto evitare di fare domanda per il programma all'estero. In un altro momento, probabilmente sarei stata sicura della mia decisione, ma le feste portano sempre un po' di nostalgia.

Mi manca così tanto la mia famiglia.

Mi manca vivere abbastanza vicino da poter tornare in macchina e rientrare a casa per le vacanze. Non passare il Ringraziamento con i miei genitori quest'anno è stata dura. Mi sono addormentata piangendo dopo aver visto le loro foto e aver festeggiato su FaceTime. Mi son forzata di apparire forte e coraggiosa mentre parlavo con loro, ma la maschera è crollata non appena la chiamata si è interrotta.

Nessuno ti dice che studiare all'estero significa perdere così tante cose a casa. Compleanni, riunioni di famiglia, Ringraziamento, Natale e Capodanno.

Alcuni studenti alzano la mano e il resto di noi aspetta che parlino dei loro piani. Una delle ragazze sedute davanti parla della tradizione della sua famiglia di servire i pasti in una mensa dei poveri, prima di mangiare. È una cosa davvero carina.

«Io e la mia famiglia torneremo negli Stati Uniti per trascorrere il Natale con il resto dei parenti», la voce di Angelica si insinua nei miei pensieri. Già, Angelica, quella stessa Angelica Simmons. Chi avrebbe mai pensato che uno dei motivi per cui ero felice di allontanarmi dall'università e trasferirmi a Londra mi avrebbe seguito fin qui? Certamente non io!

A peggiorare le cose, se possibile, non è il fatto che siamo finite nello stesso paese, nella stessa università, nella stessa aula... Ma che condividiamo anche un appartamento!

Quando l'università mi aveva detto che un altro studente che sarebbe arrivato al King's College avrebbe avuto bisogno di un alloggio, avevo detto di sì a dividere stanza e costi prima ancora di chiedere chi fosse la persona in questione. Come potevo immaginare che tra le centinaia di studenti della Bragan University, e tra i tanti che avevano fatto domanda per studiare all'estero, sarei finita a convivere proprio con Angelica?

Inutile dire che mi pento della mia decisione ogni singolo giorno.

Gli ultimi tre mesi vissuti con lei sono stati terribili. Angelica ha fatto tutto il possibile per insultarmi e sminuirmi, e io ho fatto del mio meglio per scrollarmela di dosso.

Sa che non vedrò la mia famiglia, perché me ne ha sentito parlare con i miei genitori e perché, a differenza sua, noi non siamo pieni di soldi. Per cui, non andrò da nessuna parte. Resterò qui a Londra, mentre il resto della mia famiglia si godrà le mie feste preferite senza di me.

L'unico aspetto positivo, una specie di regalo di Natale, è il fatto che Angelica se ne andrà e avrò tutto l'appartamento per me, senza preoccuparmi dei suoi commenti passivi aggressivi per due settimane intere. Questo sì che è da festeggiare.

Fingo di ascoltare i piani di tutti gli altri, ma in realtà sto pensando a quali biscotti preparerà mia zia per quest'anno.

«Addison», dice il professore. «Tornerai negli Stati Uniti come Angelica?» Mi fa questa domanda con un sorriso sul volto, aspettando di sentire la mia risposta. È come se fosse un amico e non la stessa persona che valuterà i nostri compiti.

Mi trattengo dal fare una smorfia che dimostri tutto il mio disprezzo per la sua indiscrezione. «No, non ho nessun programma», mi sento dire e le persone intorno a me si voltano. Riesco a sentire tutta la loro pietà. *La povera ragazza americana non ha nessuno con cui passare le feste*, ecco cosa staranno pensando.

Mi guardo intorno nella stanza, lo sguardo che passa da uno studente all'altro, finché i miei occhi non si posano su Cain Peterson, soffermandosi ancora per un istante.

Cain Il Misterioso, come l'ho soprannominato.

Guarda dritto verso il professore, il che mi permette di ammirare la sua robusta bellezza. Non capisco perché abbia scelto di studiare scienze politiche invece di fare il modello. È davvero stupendo.

Mi domando se il professore gli chiederà quali siano i suoi programmi per le vacanze. Sono curiosa di sapere. Come potrei non esserlo? Ha tutti i segni per essere un ragazzaccio, e da quando sono arrivata qui mi sono presa una cotta per lui. È alto e minaccioso, con spalle larghe, capelli neri corvini e...

Merda!

Cain si volta e mi sorprende a guardarlo. Distolgo lo sguardo subito, facendo cadere per sbaglio il quaderno per terra mentre mi volto. Non posso credere che mi abbia scoperta a fissarlo.

«Proprio nessuno?» Chiede il professore, distraendomi momentaneamente dall'imbarazzo.

Prendo il quaderno e porto gli occhi sul professore. Scuoto la testa, chiedendomi perché stia prolungando la mia sofferenza.

«Ma certo che no», sento dire ad Angelica a bassa voce, così bassa da non farsi sentire dal professore. Reprimo l'impulso di cancellarle quel sorriso dalla faccia con un pugno.

«Come mai?» Insiste il professore, e non capisco davvero perché stia continuando. Avrei dovuto dirgli che avevo piani migliori. Avrei dovuto inventare qualcosa.

«La mia famiglia è troppo lontana...» Mi fermo, non volendo aggiungere altro.

«Va bene», dice lui, e so che sta aspettando che io mi spieghi. Non posso fare a meno di dare la colpa ad Angelica. Se non avesse scelto di tornare negli Stati uniti, il professore non avrebbe messo in dubbio la mia decisione. Il suo sguardo si fissa su di lei per un istante, chiedendosi chiaramente come mai lei possa tornare a casa, mentre io no.

Non voglio dire a tutta la classe che non ho i soldi per tornare a casa perché la mia famiglia è povera, e lo sono anch'io. Frequento l'università con la borsa di studio e andare all'estero è stato un sacrificio che ho fatto dopo aver chiesto un prestito.

Un viaggio di due settimane negli Stati Uniti per trascorrere il Natale e il Capodanno con i miei genitori, per quanto possa significare per loro e per me, non è ammissibile.

Non dico nient'altro, il che forza il professore a continuare. Chiede ad altri studenti quali siano i loro progetti, ma non rivolge mai la domanda a Cain. Un'altra cosa che non gli viene rivolta per il resto della lezione è il mio sguardo, perché non voglio che mi becchi di nuovo.

CAPITOLO 2

Cain Peterson

Sento che Addison mi sta guardando, ma invece di voltarmi e ricambiare, la osservo con la coda dell'occhio. Ogni secondo che passa a fissarmi mi tenta di mostrarle che me ne sono accorto. Tuttavia, non cedo all'impulso.

La cosa strana è che voglio vedere lo sguardo sul suo viso quando si renderà conto che l'ho beccata. Ben presto, la voglia è troppo difficile da ignorare, e mi volto per guardarla direttamente negli occhi. Lei sbarra i suoi, consapevole di essere stata colta sul fatto. Mentre distoglie l'attenzione, fa cadere il quaderno e non riesco a smettere di sorridere.

La rendo nervosa e trovo che sia una cosa adorabile.

Non sono estraneo agli sguardi. Le persone lo fanno tutto il tempo. Le ragazze che mi si siedono accanto, le insegnanti, anche l'altra americana lo fa sin dall'inizio del semestre.

Mi fissano a bocca aperta.

Mi infilano i loro numeri nello zaino.

Mi mostrano i loro beni.

Questa ragazza, Addison Brown, non è come le altre. Dall'inizio del semestre non ha nemmeno provato a parlarmi. La cosa mi sorprende e incuriosisce.

A differenza delle altre, i suoi occhi che vagano sul mio corpo non sanno di intrusione, ma di una piacevole distrazione.

Addison raccoglie il quaderno da terra e risponde al professore, dopo che lui ha cercato di approfondire il motivo per cui Addison non passerà le feste con la sua famiglia. Riesco a capire che non vuole rispondere solo perché adesso sa che la sto osservando. Colgo ogni suo movimento, il modo in cui scuote la testa verso il professore mentre tamburella le dita sul banco, e persino il modo in cui muove i capelli. La conversazione la sta mettendo a disagio.

Alla fine, il professore capisce l'antifona e prosegue, chiedendo agli altri studenti come trascorreranno le feste, ma evitando me. Sa che non sono il tipo di persona che parla di sé.

Nonostante sia il miglior studente della classe, e probabilmente dell'intera università, ogni membro della facoltà è perfettamente consapevole del fatto che la mia vita personale resterà privata. È parte dell'accordo che mi ha portato a venire qui.

Quando la lezione finisce, prendo il quaderno e lo metto nella borsa assieme al portatile. Guardo Addison, la mente confusa dall'indecisione.

«Fanculo», borbotto a bassa voce, mettendo lo zaino sulla spalla. Percorro la strada più lunga e la più insensata per attraversare l'aula, passando accanto al suo banco. Decido di non parlarle, passandole davanti e basta per vedere se alla fine mi dirà qualcosa.

Sto per avvicinarmi al suo banco quando sento l'altra americana dirle: «Patetica.»

La sua voce è solo un sussurro, il commento destinato soltanto ad Addison, e mi fermo all'improvviso mentre un'ondata di rabbia mi fa sobbalzare.

Guardo Addison infilare il quaderno e il computer nella borsa, ignorando l'altra ragazza e le sue parole crudeli. Invece di prendere il suo silenzio come un invito ad andarsene, l'americana continua. «È ovvio che non hai programmi per le vacanze. Sei sempre stata una sfigata.» Le sue parole, e la mancanza di coraggio di Addison nel difendersi da sola, mi spingono ad agire.

«A dire il vero...» Intervengo, aspettando che lo sguardo di Addison si posi su di me. «Addison ha già da fare per le feste.»

Addison

Mi volto per guardare Cain, il misterioso *Cain Peterson*, con la bocca spalancata per lo stupore. Lo fisso, sbalordita per un istante, non riuscendo a pensare a cosa dire. *Che sta facendo?*

Dovrebbe essere andato via già da un pezzo, a quest'ora. Di solito è il primo a lasciare l'aula. Lo so bene perché lo guardo dal primo giorno di lezione.

«Scusami?» Risponde Angelica.

Incrociando le braccia, Cain le dice: «Vuoi che te lo ripeta?»

La sua voce è così cupa e forte da farmi rabbrividire. Il mio sguardo vaga sul suo corpo, soffermandosi sulle spalle larghe e sulle braccia toniche. È allora che noto un accenno di sarcasmo nei suoi occhi, e arrossisco subito, ricordando che mi ha sorpreso a fissarlo prima.

È per questo che è qui? Mi chiederà di smettere di guardarlo?

Abbasso lo sguardo per terra.

«Che vuol dire che ha da fare per le feste?» Chiede Angelica, improvvisamente interessata a cosa avrei da fare. Cain mi guardo e mi rendo conto che non riesco a tirar fuori neanche una parola. Non saprei nemmeno cosa dire. La sua sola presenza mi ha cancellato l'intero vocabolario.

Cain accorcia la distanza e perdo tutta l'aria nei polmoni. Mi avvolge un braccio sulle spalle e il suo peso mi sembra giusto e sbagliato al tempo stesso. *Perché lo sta facendo?* Un milione di altre domande mi attraversano la mente, ma non riesco a dargli voce.

Lui guarda Angelica dritto negli occhi, e così faccio anch'io. «Voglio dire che ha da fare», ripete come se conoscesse i miei impegni. Se così fosse, saprebbe che ho il calendario interamente vuoto.

Angelica mette le mani sui fianchi. «Ha appena detto che non tornerà a casa», ribatte.

È un'esperienza surreale ed extracorporea, assistere a due persone che stanno parlando di te mentre tu stai lì, incapace di dar voce ai tuoi pensieri.

Forse è così che si sentono i bambini quando i genitori decidono al posto loro.

«Non tornerà a casa», Cain pronuncia ogni parola con noncuranza. Fa caldo qui? Sono l'unica che ha problemi a respirare? Sono sopraffatta dalla sua vicinanza e dal peso del suo braccio sulla spalla. L'odore della sua colonia. Il tono della sua voce.

Angelica fissa il suo braccio sulla mia spalla, apparentemente confusa tanto quanto me su quello che sta succedendo. «Quindi non avrà nulla da fare», insiste, arricciando il naso per la gelosia.

Mi guardo intorno per scoprire che la stanza si è svuotata. Non c'è nessun altro a fare da testimone a qualunque cosa stia succedendo.

«Ha da fare con me.»

Cinque parole.

Pronuncia quelle cinque parole con una sicurezza disarmante, e Angelica spalanca la bocca. Immagino che anche lei abbia perso le parole. Ripete quel movimento ancora una volta, prima di voltarsi e andar via.

Si ferma alla porta per guardarci di nuovo. Cain non sposta il braccio e lo sguardo di Angelica si fissa su di lui, prima di spostarsi su di me pieno d'odio. Alla fine, sbuffa e lascia la classe.

Non appena io e Cain restiamo soli, il suo braccio si sposta e sento tornare un briciolo di normalità.

«L'ho sentita», dice, come se quelle parole potessero spiegare tutto. Immagino che il mio sguardo sia più che confuso, perché aggiunge: «L'ho sentita provare a sminuirti per il fatto che tu non abbia da fare per le feste.» Quando lo dice, riesco a scorgere la pietà nei suoi occhi. È allora che mi rendo conto di cos'ha fatto e del perché l'ha fatto.

«Quindi le hai fatto credere che avevo da fare con te, così che smettesse di...»

Lui annuisce prima che possa finire.

«Non dovevi.» Non mi interessa cosa pensa Angelica. Le sue parole non mi hanno mai scalfito e penso che sia questo a infastidirla. Angelica non è abituata a persone che se ne fregano di cosa dice.

«Qualcuno doveva pur farlo.»

«La fa impazzire sapere che non mi importa niente di cos'ha da dire.»

Cain annuisce come se mi capisse. «Quindi è per questo che ignori i suoi commenti?»

«Esatto.»

«È bello sapere che hai una strategia.»

«Io sono Addison», gli dico dopo un secondo, rendendomi conto che è la prima volta che parliamo, o la prima volta che parla con chiunque frequenti questa lezione, da quel che ho notato.

«Lo so», ribatte lui, e ricordo che mi ha chiamato per nome proprio poco fa. Mi torna in mente anche il fatto che mi abbia beccata a fissarlo. «Cain Peterson», si presenta alla fine, allungando una mano. Gliela stringo. È strano condividere un momento del genere quando, proprio un secondo fa, aveva il braccio attorno alle mie spalle come se fossimo amici di vecchia data.

Decido di togliermi il peso di dosso. «Lo so... Io, mhhh... Mi dispiace per prima. Non ti stavo fissando... Io...» Cerco di spiegarmi per uscire dal momento di imbarazzo, ma non trovo alcuna spiegazione. Non avrei dovuto tirare fuori l'argomento, innanzitutto.

Cain agita una mano. «Non ti preoccupare.»

Sospiro, sollevata. Sarà sicuramente abituato agli sguardi della gente, quindi avere anche il mio addosso non gli avrà cambiato molto.

«Grande. Be', grazie per prima. Spero che tu possa passare delle buone feste», gli dico, preparandomi a lasciarmi alle spalle questa giornata imbarazzante.

«Sarò così. Prima che tu te ne vada, però, mi servirebbe il tuo numero.»

Il mio numero?

«Perché?» Chiedo cautamente.

Lui mi guarda per un secondo, gli occhi che mi squadrano da cima a fondo. Mi mordo l'interno della guancia, l'ansia che mi rimonta addosso in un lampo. «Dobbiamo organizzarci su dove ti verrò a prendere.»

«E perché dovresti venirmi a prendere?» Mi sono persa

forse qualcosa mentre lo fissavo?

«Abbiamo da fare.»

Rido nervosamente. «Oh, non devi continuare. So che non eri serio.»

«Ma io ero serio, Addison.»

Lancio un'occhiata allo splendido uomo che ho di fronte, di cui non so nulla, in attesa che dica qualcosa.

«Mi stai dicendo che dovrò passare le vacanze con te?»

«Ti ho coperto le spalle fino a poco fa. Spero che tu mi possa permettere di mantenere intatta la mia reputazione di ragazzo sincero», insiste lui, porgendomi il suo telefono.

Confusa, gli passo il mio e ci scambiamo i contatti. «Che vuoi dire?» Gli chiedo, restituendogli il telefono.

«Ho la fama di essere un uomo di parola, e non sarai tu a rendermi un bugiardo, Addison.» Con queste parole d'addio, Cain Peterson si volta e lascia l'aula.

CAPITOLO 3

Cain

Sento i suoi occhi su di me mentre esco dall'aula. Probabilmente è confusa e, onestamente, non è l'unica. Non so neanch'io perché ho fatto quello che ho fatto. Non mi sono mai tuffato in qualcosa senza pensarci bene, ma quando l'ho vista umiliata in quel modo, non sono riuscito a stare a guardare e non fare nulla.

Non so cosa mi abbia attirato ad Addison. Forse è stato il momento in cui ha parcheggiato il suo bel culo americano nel banco a poche file dal mio. Non ho potuto fare a meno di guardarla entrare in classe ogni giorno, lo zaino su entrambe le spalle e lo sguardo fisso davanti a sé. Ho prestato attenzione al modo in cui risponde alle domande quando le vengano poste. Mi sono persino ritrovato a notare le volte in cui è rimasta delusa, come quando ci hanno consegnato i nostri compiti corretti e ha controllato il suo punteggio.

Il nocciolo della questione è che l'ho notata molto. E oggi, finalmente, l'ho sorpresa a guardare me. Pensavo che non mi avrebbe mai prestato particolare attenzione, e ho sempre goduto dell'opportunità di poterla fissare senza il rischio di essere scoperto. Ho pensato che quello che mi spingesse a guardarla fosse il fatto che lei non mi avesse mai notato, ma cavolo, quando ho scoperto che non era così, non ho potuto fare a meno di provare un'attrazione ancora più forte verso di lei.

Un'attrazione che mi ha spinto a intromettermi in una conversazione che non mi riguardava affatto.

Con una mossa davvero insolita, le ho persino messo il braccio sulle spalle, come se ci conoscessimo da anni. Non ho mai permesso nemmeno a mia madre di abbracciarmi, ma morivo dalla voglia di toccare Addison. Ho sentito il suo fiato mozzarsi quando l'ho toccata, e ho capito che anche lei provasse la stessa attrazione.

Non sarai tu a rendermi un bugiardo.

Ho scelto esattamente queste parole. Forse noiose e scadenti, ma sufficienti a convincerla a darmi il suo numero di telefono. Sufficienti a convincerla a parlarmi ancora un po' e a non rifiutare la mia offerta.

Mi è piaciuto il modo in cui i suoi occhi marroni mi hanno guardato da vicino.

Ho sentito il bisogno di passare più tempo con lei, per conoscerla meglio.

Non so perché sentissi di volerne ancora.

Forse perché, fino a pochi minuti fa, non pensavo nemmeno che Addison sapesse della mia esistenza. Ma il modo in cui ha reagito alla vicinanza del mio corpo mi ha dimostrato il contrario, e che sia dannato se non ne approfitto.

Sì, certo, è iniziato tutto come una bugia, ma sto facendo in modo che diventi realtà.

Addison è un mistero per me.

Uno che sono deciso a scoprire.

Esco dall'edificio e vengo subito colpito dal vento invernale. Inspiro a fondo e mi dirigo verso la macchina. La mia giornata di lezioni è finita e sono pronto a tornare a casa per il fine settimana. Avrò bisogno di distrarmi perché, in questo preciso momento, il telefono mi brucia in tasca per ricordarmi che ho il suo numero, e che potrò parlarle di nuovo quando voglio.

Addison

È tardi quando apro finalmente la porta dell'appartamento. Ho avuto altre due lezioni prima che la giornata finisse.

Chiudo la porta, cercando di fare il minor rumore possibile. Se la Bestia sta dormendo, e per *Bestia* intendo Angelica, non voglio svegliarla. La giornata è stata già abbastanza ricca di eventi anche senza un'altra dose del suo veleno.

Passo davanti al soggiorno e, proprio mentre raggiungo la porta della mia camera da letto, la diavolessa esce dalla cucina e va dritta in corridoio dove mi trovo io, come se avesse appena scoperto un ladro in agguato.

«Oh, sei tu», mi dice, come se fosse sorpresa dalla mia presenza in casa mia.

«Già», rispondo.

Inspira rumorosamente e alza gli occhi al cielo. «So che non hai alcun piano con Cain.»

Sapevo che la conversazione non era finita con il suo saluto. Voglio dire, se neanch'io avrei dimenticato di aver avuto Cain Peterson così vicino, come poteva farlo lei? Lo fissa da mesi ormai, da quando è iniziato il semestre.

«Scusa?» Insiste, schioccandomi le dita davanti al viso.

«Che c'è?» Chiedo, rassegnata a dover affrontare la conversazione.

«So che non hai piani con Cain. Gli hai solo fatto pena e si è inventato tutto.» Il suo tono è sia accusatorio che interrogativo. Non vuole credere che un ragazzo come lui possa portare una come me da qualsiasi parte.

Mi ritrovo ad avere meno pazienza del solito, e invece di rispondere alla sua domanda, gliene faccio una io. «Perché ti interessa?»

«Perché lui è... Davvero sexy, e tu sei...» Si ferma, guardandomi da cima a fondo. Il suo sguardo ritrova il mio e dentro ci vedo solo disgusto. «Sotto la media.»

«Grazie», le dico. Sono la persona più sfortunata del mondo, sul serio.

«Quindi forza, dì la verità», insiste.

Decido di porre fine alle sue sofferenze. «Noi...» Ma prima che possa dirle che non abbiamo niente in programma, il mio telefono squilla. Non riconosco il numero di telefono, ma preferisco rispondere ad un possibile call center piuttosto che parlare con Angelica, quindi premo il pulsante verde e rispondo.

Mi volto, dandole le spalle. «Pronto?»

«Ciao, Addison», dice una voce dall'altra parte. La voce è rozza e britannica e, *oh mio Dio*, è Cain!

«Cain?» Il suo nome mi sfugge dalle labbra prima che mi ricordi chi c'è ancora in stanza con me. Spero che non abbia notato il mio lapsus, ma quando mi volto per guardarla, la trovo a fissarmi con gli occhi spalancati.

«Cain?!» Ripete Angelica, la voce squillante.

«Sì. Ti aspettavi qualcun altro?» Chiede Cain dall'altro lato della linea.

Scuoto la testa prima di ricordarmi che non può vedermi. «No, affatto.»

«Che stai facendo?»

Dannazione a quell'accento britannico.

Angelica è ancora lì, con le braccia incrociate, la bocca ricurva in un brutto ghigno. «Stavo giusto andando via», rispondo al telefono.

«Eh? Dove?»

Prendo la borsa e le chiavi. «Non lo so», dico, aprendo la porta e andando in corridoio. Sospiro quando la porta mi si chiude alle spalle.

«Che succede, Addison?» Chiede Cain, la voce più roca di prima.

Appoggiata al muro, scivolo a terra. «Angelica è la mia coinquilina, ed è... Complicata.»

«Leggendo tra le righe, capisco che Angelica è l'altra ragazza americana e che si sta comportando da stronza con te, adesso.»

Rido. «Non crede al fatto che abbiamo qualcosa in programma.»

«Non pensare a lei, Addison», mi rassicura lui a voce bassa. «Conosco ragazze come Angelica da tutta la vita. Non appena pensano che un'altra sia una minaccia, vanno sulla difensiva.»

Una minaccia? Io? «È questo che sarei per lei?»

«Ma certo», risponde lui.

Ne è così certo. Come può essere così sicuro di una cosa del genere... Su di me?

«Che farai domani?» Mi domanda, cambiando argomento.

«Mhhh, starò a casa. Probabilmente guarderò film tutto il giorno», confesso, appoggiando la testa contro il muro del corridoio.

«Dove vivi?»

Mi raddrizzo, allarmata. «Cosa? Perché?» Spero che non

senta la nota di panico nella mia voce.

«Dimmelo e basta», insiste, un pizzico di umorismo nella sua voce.

Gli do il mio indirizzo.

«Va bene, ti chiamo tra poco», conclude.

«Aspetta, cosa?»

Ma ha già riattaccato.

Mi alzo in piedi, inspiro a fondo e ripeto. Infilo la chiave nella serratura e apro la porta. Non vedo Angelica da nessuna parte e sospiro di sollievo. Non mi preoccupo di aspettare che torni per un secondo round. Invece, vado dritta in stanza, lancio la borsa su una sedia lì vicino e mi lancio a pancia in giù sul letto. Oggi è stata una bella giornata. Oserei dire la più memorabile da quando sono qui.

Mancano solo due giorni prima che Angelica vada via e avrò casa tutta per me per due settimane. Posso resistere per altri due giorni, anche se questo vorrà dire non uscire dalla mia stanza finché lei non sarà andata via.

CAPITOLO 4

Cain

Non so perché ho chiesto il suo indirizzo. A dire il vero, è una bugia. So perché gliel'ho chiesto. È lo stesso motivo per cui mi ritrovo a parcheggiare la macchina sul ciglio della strada. La strada di casa sua. Proprio di fronte al suo edificio.

Voglio vederla di nuovo.

Mi son detto più volte di aver bisogno del suo indirizzo solo per quando sarei dovuto venire a prenderla, per i nostri impegni. Gli stessi impegni in cui sono riuscito a coinvolgerla. Adesso, come un verme, mi presento a casa sua. Senza invito. Soltanto il mattino dopo aver chiuso la chiamata con lei.

Mentre mettevo i jeans, una maglietta, un berretto e un cappotto, ho cercato di convincermi che l'unico motivo per cui stessi passando era impedire che la sua coinquilina continuasse a renderle la vita un inferno. È già abbastanza brutto che si sia presa gioco di Addison per non avere nulla in programma per le vacanze. Quando ha iniziato a dubitare persino del fatto che fosse al telefono con me, ho voluto zittirla anch'io.

Spengo la macchina ma non mi muovo. Devo farmi coraggio. Ci vogliono palle per farlo, e non capisco cosa mi sia preso. Perché questa ragazza mi è entrata dentro? Alzo lo sguardo verso l'edificio, la mente confusa.

Al diavolo.

Sono già qui. Potrei anche farla finita e fare quello per cui sono venuto. Scendo dall'auto e percorro il breve tratto fino all'ingresso del palazzo, scivolando dentro quando qualcuno esce fuori. Vado dritto verso gli ascensori e premo il pulsante di chiamata.

L'ascensore arriva direttamente al sesto piano. Quando le porte si aprono, esco, ben consapevole del battito accelerato del mio cuore.

Che ci faccio qui?

Perché mi sto intromettendo?

Perché mi sto comportando così?

Tutte queste domande mi attraversano la mente, ma nessuna è sufficiente a impedire ai miei piedi di avvicinarsi alla sua porta.

Busso, chiedendomi cosa dirò quando aprirà. Mi vengono concessi meno di cinque secondi prima di sentire la maniglia girare. La porta si apre, rivelando Angelica con gli occhi spalancati oltre la soglia. È chiaro che non si aspettava il mio arrivo, il che mi fa sorridere.

«Ca-Cain?» Dice alla fine.

Annuisco. «Già.»

Sta ancora bloccando l'ingresso. «Sei qui.»

«Proprio così», rispondo. Trattengo una punta di fastidio. Vorrei stupirla di più dicendole il motivo per cui sono qui.

«Non pensavo sapessi dove abito», continua lei, allontanandosi dalla porta e invitandomi a entrare.

«Ho chiesto.» Alle mie parole, sorride vivacemente, pensando che io sia qui per venire a trovare lei.

«Hai chiesto dove abitassi?» Praticamente fa le fusa.

Entro nell'appartamento e mi ritrovo in soggiorno. Ci sono un divano e una TV, ma a parte questo, niente mobili. Sarà un appartamento già arredato. Gli studenti internazionali, come lei e Addison, passano qui così poco tempo da non aver bisogno di arredare una casa che alla fine lasceranno.

Addison

La musica mi esplode nelle orecchie mentre chiudo la porta della mia camera. Se voglio fingere di essere una ballerina per Beyoncé, devo assicurarmi che nessuno mi veda. Ho sempre voluto fare la ballerina. È sempre stato il mio sogno. Non il mio obiettivo, perché gli obiettivi sono cose che mi pongo sapendo che alla fine ci arriverò. I sogni, invece, sono cose che non accadranno mai, ma belle da pensare.

"Formation" mi risuona nelle orecchie mentre metto in pratica i passi che ho coreografato con la mia sorellina durante le vacanze estive. È il peggior ballo di sempre, dal momento che mia sorella non sa ballare e nemmeno io, ma mi distrae dal mostro che sta dormendo oltre la parete della mia stanza.

Solo un altro giorno prima che vada via. Ventiquattro ore prima della libertà. Presto potrò ballare tutta nuda per l'appartamento. Chissà, magari le butterò anche lo spazzolino nel water, prima di rimetterlo al suo posto. Rido a voce alta all'idea, sapendo che non lo farei mai.

Abbasso lo sguardo sul telefono e vedo che la batteria si

sta esaurendo. Togliendo le cuffie, lo metto in carica ed esco dalla stanza, andando in cucina.

Prendo una bottiglia d'acqua dal frigo, fermandomi quando sento delle voci provenire dal soggiorno. Angelica ha ospiti? Non pensavo avesse amici... O che portasse a casa qualcuno.

«Hai chiesto dove abitassi?» Sento la sua domanda, e avverto anche il tono sorpreso. C'è qualche secondo di silenzio, prima che la porta si chiuda. Abbasso lo sguardo su me stessa, confermando quello che già sapevo: ho ancora il pigiama addosso. Indietreggio lentamente, sperando di non farmi vedere. Incontrare nuove persone, anche se sono ospiti di Angelica, con il pigiama addosso non è una buona idea.

Qualcuno si schiarisce la gola. «Non proprio.»

Conosco quella voce. Ho sognato di sentirla sussurrarmi all'orecchio. Non riesco comunque a crederci, così mi ritrovo a sbirciare. In piedi nel mio soggiorno, con un paio di jeans addosso che gli stringono perfettamente la parte inferiore del corpo, e una maglietta che mette in mostra tutti i suoi muscoli, e un berretto sulla testa, altri non è che Cain.

Cain Peterson, cazzo.

Chiudo gli occhi perché forse sto sognando. Quando li riapro, però, lui è ancora lì in soggiorno. E parla con Angelica.

È venuto qui per lei? È per questo che mi ha chiesto l'indirizzo? Ieri ha fatto finta di non sapere nemmeno il suo nome.

«Che vuol dire "non proprio"?» Chiede Angelica con aria civettuola. Scuoto la testa al suo modo di essere così diretta, sbalordita quando gli appoggia una mano sul petto.

Invece di allontanarsi da lei, Cain accorcia la distanza.

Non riesco a vedere il volto di Angelica, ma vedo quello di Cain. Il suo sguardo intenso si fissa sulla mia coinquilina, e comincio ad avvertire una strana sensazione per tutto il corpo. Non posso dire che mi piaccia.

«Ho chiesto l'indirizzo ad Addison.»

«Perché volevi vedermi?» La domanda di Angelica è un sussurro di speranza. «Sapevo che c'era un motivo per cui le hai parlato», insiste, e percepisco la sua compiaciuta soddisfazione.

Mi sento fuori posto. Non dovrei stare ad ascoltare, ma mi ritrovo bloccata sul posto, incapace di distogliere lo sguardo, anche se la testa mi dice che dovrei.

Angelica gli sta così vicino che per un istante penso che la bacerà. Odio anche solo l'idea, ma non mi sorprenderebbe se lo facesse. Guardo verso la porta della mia stanza pensando di doverci tornare e di mettere un po' di musica per lavare via la sensazione che ho in questo momento... Questa strana gelosia.

«Perché volevo vedere lei», sento dire a Cain.

Mi volto e lo vedo allontanarsi da Angelica e dirigersi verso di me. È allora che mi rendo conto di essermi mossa dal mio nascondiglio. Sono scoperta e indosso un pigiama imbarazzante mentre Cain cammina dritto verso di me. Alle sue spalle, Angelica mi lancia occhiate taglienti.

«Ehi, tu», mi dice, prendendomi il volto tra le mani. Poi fa qualcosa di completamente inaspettato.

Mi bacia la fronte.

«Sei venuto qui per *lei*?» Strilla Angelica, ma sembra lontana, forse perché sento di star fluttuando.

Cain mi ha baciata. Cain Peterson, cazzo!

Lui non si preoccupa nemmeno di voltarsi a guardarla, mentre dice: «Per chi altro dovrei essere qui?»

«Per me, ovviamente», risponde Angelica con una tale sicurezza nella voce.

«E perché dovrei voler vedere te, o parlarti?» Domanda lui, e resto sconvolta dalla sua onestà. Non credo che nessuno abbia mai parlato così ad Angelica. Nella nostra città, teneva tutti alla sua mercé.

Proprio quando penso che Angelica batterà in ritirata, non lo fa. «Perché lei?» Sibila, senza preoccuparsi di mascherare la sua gelosia.

«Oggi abbiamo una maratona di film», risponde Cain, escogitando un altro piano inesistente. Mi guarda, in attesa. «Giusto, Addison?»

Annuisco leggermente.

Lo sguardo di Angelica rimbalza da Cain a me, e non vi scorgo altro che disprezzo. Mi indica. «Con lei?»

Cain si volta, chiaramente frustrato dal fatto che non stia mollando. «Sì, con lei.»

Angelica strizza gli occhi come se questo potesse aiutarla a capire perché vuole uscire con me. È strano ammettere di essere sorpresa tanto quanto lei. «Quindi guarderemo tutti i film in soggiorno?»

Si sta inserendo nei nostri finti piani? Wow, non riesce davvero a capire la situazione.

«A te va bene se guardiamo i film in camera tua?» Domanda Cain, rivolgendosi a me direttamente. Tutti i pensieri sulla stranezza della sua presenza qui vengono spazzati via quando lo guardo dritto negli occhi, così dolci e marroni. Sono un vero labirinto e mi ritrovo a perdermici dentro.

Non riuscendo a mettere insieme una frase, mi limito ad annuire. Faccio strada verso la mia stanza, lasciandomi alle spalle un'Angelica infuriata. Apro la porta, lascio entrare

Cain e la chiudo alle mie spalle. Inspirando a fondo, mi volto e lo trovo già seduto alla scrivania, con un'aria a disagio.

«Immagino tu voglia sapere perché sono qui, giusto?»

CAPITOLO 5

Addison

Cerco di mettermi comoda nella mia stanza mentre rifletto sulla sua domanda. Cain mi guarda in attesa. «Certo», dico tranquillamente. «Illuminami, perché sei qui?»

Lui si gira sulla mia sedia, togliendosi il berretto. I suoi riccioli neri sbucano fuori e resto a guardare mentre ci passa le dita. Posando il berretto, il suo sguardo coglie il mio.

«Son dovuto venire dopo che mi hai detto con chi vivi», risponde indicando la porta, dietro la quale sicuramente ci sarà Angelica che cerca di ascoltare la nostra conversazione.

«Ti sei sentito male per me?» Commento scherzando.

Lui annuisce. «Mi è sembrata una punizione terribile.» Fa spallucce. «Volevo assicurarmi che sapesse che io e te usciamo davvero insieme. Dopotutto, le abbiamo detto che passeremo le vacanze insieme.»

«Ma noi non usciamo insieme, e *tu* le hai detto delle vacanze.»

Lui sorride. «Dimmi, Addi, adesso che stiamo facendo?» Dice, ed io mi guardo intorno e rido.

«Okay, va bene. In questo momento siamo insieme, ma non è una cosa che facciamo di solito.» Non mi premuro di commentare il nomignolo che mi ha appena dato.

«Ma è qualcosa che facciamo adesso.»

«Perché?» Gli pongo finalmente la domanda che mi passa per la mente da quando si è avvicinato a me e Angelica dopo la lezione di ieri. Perché mi sta parlando? Perché si è intromesso nella mia vita come se fossero affari suoi?

«Vuoi che sia onesto?»

«Be', sei stato tu a dirmi di non essere famoso per la tua disonestà.»

«Giusto. Be', ti ho vista guardarmi durante le lezioni.»

«Non stavo...» Inizio a dire, ma lui alza la mano, interrompendomi.

«Volevo vederti meglio.» Non appena le parole gli escono dalla bocca, arrossisco.

«Sono in classe con te da un paio di mesi ormai.»

«Lo so. L'ho notato.» Fino a due giorni fa, non l'avrei mai detto.

«Allora perché volevi vedermi meglio?»

Cain afferra il cubo di Rubik che tengo sulla scrivania e inizia a giocarci. «Perché anche tu mi hai guardato per bene. È giusto che io ricambi il favore.»

Ancora una volta, arrossisco e mi schiarisco la gola. «Quindi è questo l'unico motivo? Sai, per...» Non finisco la frase perché ripetere le sue parole non farebbe altro che aumentare la mia mortificazione.

«All'inizio era per questo.»

All'inizio? Quindi il motivo è cambiato.

«Poi mi hai detto che vivi con Angelica. A proposito, come sei finita a vivere con lei? Mettono tutti gli americani nella stessa casa adesso?»

Rido. «Non ci mettono tutti insieme. Io e lei frequentiamo la stessa università in America. Eravamo le uniche due studentesse a studiare a Londra quest'anno. L'università ci ha messo in un appartamento insieme prima ancora che sapessi con chi sarei stata in casa.»

«Oh, merda.»

«Già, è un ottimo riassunto», dico con un'alzata di spalle.

«E perché ti odia?»

Stringo le dita in grembo. «Non credo che mi odi. Le piace solo ricordarmi che sono inferiore a lei.»

«Ma non è così.» Lo dice come se mi conoscesse da tutta la vita.

«So che non è così», rispondo con franchezza. «Ma ai suoi occhi, è tutto vero perché non ho...»

«Soldi», aggiunge Cain, chiudendo la frase.

«Come fai a...»

«Eri riluttante a dire al professore perché non potevi tornare a casa per le feste», dice. Non so come sentirmi per il fatto che l'abbia notato.

«Non posso permettermelo», confesso sinceramente. Inizio a seguire con il dito il disegno sulla coperta su cui sono seduta.

Sento Cain alzarsi dalla sedia, e quando alzo lo sguardo lo trovo inginocchiato davanti a me. «Non farlo.»

«Cosa?» Gli domando.

Mi appoggia le mani sulle ginocchia e mi domando se riesca a sentire quanto io stia tremando. «Non nasconderti, non vergognartene. Non venire da una famiglia ricca non è una brutta cosa.»

«Lo è quando devi sacrificare così tanto per sbarcare il lunario.» Ripenso a tutto il lavoro che io e i miei genitori abbiamo dovuto fare per arrivare a questo punto delle nostre vite.

Cain mi fissa con il suo sguardo intenso. «Vero, ma vuol

dire anche che ti sei guadagnato tutto quello che hai nella vita. Non ti è stato dato e basta.»

«E questo ha importanza?»

Mi dico sempre che lavorare e guadagnare tutto quello che ho mi fa sentire meglio, ma è solo il mio modo di trovare un lato positivo nell'essere poveri. Nascere da una famiglia ricca avrebbe reso le cose molto più facili.

«Sì.»

Mi schiarisco la gola e Cain toglie le mani dalle mie ginocchia, sedendosi accanto a me.

«Tu vieni da una famiglia ricca?» Mi pento di averlo chiesto nell'istante in cui la domanda mi sfugge dalle labbra. Non voglio che pensi che mi importino i suoi soldi.

Ma Cain non esita. «Sì.»

«Allora come puoi dirlo?»

«Ottengo tutto facilmente e, onestamente, non sento di aver guadagnato davvero qualcosa. Neanche una.»

«Vorrei che le cose fossero così facili anche per me. A volte è la cosa migliore.» Non so come siamo finiti ad avere questa conversazione, ma mi ritrovo a voler parlare con lui, a volermi aprire con lui.

«Le cose migliori nella vita richiedono un duro sforzo.» Le sue parole mi arrivano con un carico emotivo che non riesco a decifrare. Invece di esplorarlo, cambio argomento.

«Quindi, sii sincero, sei venuto qui solo perché volevi spingere giù Angelica dal suo piedistallo?»

«In parte.»

«E l'altra parte?»

«Volevo conoscerti.» Sentirgli dire queste parole, qui seduto accanto a me, mi fa sentire come se tutta l'aria nella stanza fosse stata improvvisamente risucchiata e non riuscissi più a respirare.

«Perché adesso?» Sono in classe con lui da mesi. Perché aspettare fino ad ora, quando siamo già a metà programma?

«Volevo farlo da un po'. Immagino che coglierti a fissarmi mi abbia dato il coraggio di cui avevo bisogno per avvicinarmi finalmente a te.»

«Tu non tieni niente per te, vero?» Chiedo con una risatina nervosa.

Lui alza le spalle. «Se mi fanno una domanda, rispondo onestamente. Sempre.»

Cain

Sento il calore del suo corpo mentre sta seduta accanto a me. Capisco che è nervosa, ma almeno non è a disagio. Avrebbe potuto buttarmi fuori dalla sua stanza, o dal suo appartamento a dire il vero, ma invece continua a farmi domande e mi permette di conoscerla meglio.

Sono stato sincero con lei. La verità è che ne sono attratto e non mentirò. Non so se sia qualcosa di più di una semplice attrazione, ma ho aspettato per mesi che questi sentimenti si dissipassero e non è ancora successo. Immagino sia ora di provare un approccio diverso.

«Dunque, ieri mi hai detto che saresti rimasta a casa tutto il giorno, a guardare film», le dico, spostando la conversazione su un argomento più sicuro.

«Già.» Si guarda e poi torna a guardare me. «Come puoi vedere, indosso il mio pigiama per i film.»

«Lo vedo», rispondo con un sorriso.

«Imbarazzante», mormora lei, coprendosi il viso.

«Ho dei pantaloni di tuta in macchina. Potrei andare a prenderli e mettermi comodo con te», suggerisco.

«Non voglio farti sentire in dovere di cambiarti. Dovrei

cambiarmi io, semmai!» Dice alzandosi dal letto e andando verso la cassettiera.

«No.» Mi alzo anch'io. «Vado a prendere i vestiti e mi dirai dove potrò cambiarmi.»

Addison si morde il labbro e mi trovo a reprimere un gemito. «Sicuro?»

«Guarderemo film tutto il giorno, e dovremmo star comodi mentre lo facciamo.» Sono queste le ultime parole che dico mentre apro la porta della sua stanza ed esco. Quando arrivo in soggiorno, trovo Angelica seduta sul divano.

«Vai già via?» Chiede compiaciuta. «Non ti soddisfa a letto?»

Era ovvio che avrebbe pensato che l'unico motivo per cui sarei stato con Addison era il sesso. Le rivolgo un sorriso feroce. «Gelosa, tesoro?» Passo dritto davanti al soggiorno ed esco dalla porta d'ingresso.

Praticamente corro fino alla macchina, non volendo concedere ad Addison il tempo di cambiare idea, o ad Angelica di prendersela con lei. Afferro i pantaloni della tuta e la maglietta da palestra che tengo nel borsone per gli allenamenti. Sono puliti, dal momento che ieri ho saltato la palestra. Torno in ascensore e salgo fino all'appartamento di Addison, bussando di nuovo alla porta.

È Angelica ad aprire, accigliata. «Sei tornato?»

Le sorrido. «Dovevo prendere un cambio di vestiti.» Le mostro quello che ho in mano, sapendo che la farà incazzare ancora di più.

Prima che possa dire qualcosa, Addison entra nella stanza. «Sei stato veloce!» Dice, e giro intorno ad Angelica per andare dritto verso di lei.

«Non potevo stare lontano da te», sussurro, baciandole la fronte un'altra volta. So che è tutto per fare scena, ma mi piace il modo in cui le si mozza il fiato quando mi avvicino. «Il bagno?»

«Da questa parte», risponde Addison, guidandomi verso una porta poco più in là di camera sua.

«Grazie», le dico, aprendo la porta. Fermandomi, aggiungo: «Addison?»

Lei si avvicina. «Sì?»

Dal momento che non voglio che Angelica ci ascolti, e approfittando del semplice fatto che posso, mi avvicino a lei e le sussurro all'orecchio. «Dal momento che abbiamo appena iniziato ad uscire, perché non guardiamo i film in soggiorno invece che in camera?»

«Va bene!» Esclama lei, chiaramente sollevata dal cambio di programma. «Preparerò i popcorn mentre tu ti cambi.» Così dicendo si volta, andando verso la cucina. Chiudo la porta del bagno e mi cambio. In soggiorno, trovo Addison che sfoglia le sue app, in cerca di un film. Non vedo Angelica da nessuna parte, il che rende tutto ancora migliore.

Mi schiarisco la gola e quando Addison alza lo sguardo, colgo la sorpresa nei suoi occhi. Mi guarda dalla testa ai piedi, e resto lì a lasciarla fare.

Quando mi sono svegliato stamattina, non pensavo che avrei fatto una cosa del genere. Non avrei mai immagino che mi sarei preparato per una giornata di film con una ragazza che mi sta guardando, e che io stesso guardavo già da tempo.

Non ho intenzione di sprecare quest'occasione.

CAPITOLO 6

Addison

Ieri è stato un sogno. È questa l'unica spiegazione ragionevole che riesco a trovare, e l'unica che spiegherebbe perché Cain Peterson si sia presentato davvero alla mia porta e sia rimasto per ore a guardare commedie romantiche con me.

Mi alzo dal letto e sorrido ampiamente quando ricordo che la Bestia se ne va oggi. Afferro l'asciugamano e me lo metto in spalla, uscendo dalla porta proprio quando squilla il telefono. Frugo sotto il cuscino, ridacchiando all'idea che Cain possa chiamare di nuovo.

Quando leggo il nome sullo schermo, sono un po' delusa che non sia lui.

«Ciao papà!»

«Ehi, Addi», risponde mio padre con il tono dolce che riserva soltanto a me e mamma.

«Come stai? Come sta la mamma?» Chiedo, sedendomi sul letto.

«Stiamo bene. Siamo tutti presi dai preparativi per le feste!»

«Quante persone verranno?» Gli domando, sapendo che non appena comincerà l'elenco, mi sentirò triste all'idea di essermi persa qualcosa.

«Be', tua madre ed io...» Alzo gli occhi al cielo per quanto sia ovvio. «Tua zia Lisa e i bambini, che sono già di sopra nella tua stanza.» Si ferma e riesco a vederlo mentre conta gli ospiti sulle dita. «Verranno anche i tuoi nonni da entrambe le parti.»

«Sembra che la casa sarà piena», rispondo, contando almeno nove persone ma sapendo che sicuramente saranno di più.

«Credo che verrà anche lo zio Ray, ma non abbiamo avuto conferma.»

«Sai che gli piace farci stare sulle spine e sorprenderci», gli ricordo.

«Non è una sorpresa se lo fa ogni volta che festeggiamo», ribatte lui, e lo immagino mentre scuote la testa al comportamento del fratello minore.

«Dovrebbe fare l'attore.»

La risata di mio padre mi arriva dal telefono e mi fa male al petto. «Be', questo non dirglielo però.» Riesco a sentire le lacrime pizzicarmi gli occhi, ma non cedo all'impulso di lasciarle cadere. Mi mancano così tanto.

«Che sta facendo mamma?» Chiedo, sapendo già cosa mi dirà mio padre. Che sta correndo in giro come un pollo con la testa tagliata.

«È in giro a preparare tutto. Pulisce, cucina, tutto quanto.»

«E tu la stai aiutando?»

«Ma certo. Sto fuori dai piedi, proprio come vorrebbe in questo preciso momento dell'anno.» Rido, ricordando di come mia madre gli ha detto di fare la stessa cosa l'anno scorso. «Ci mancherai a cena stasera, piccolina.»

Mi mancheranno anche loro, così tanto, ma non riesco a dirlo. Scoppierei a piangere e basta.

«Ve la caverete!» Lo rassicuro, spingendo la mia voce ad apparire il più felice possibile. Non voglio rovinare la nostra festa preferita.

«E tu che farai invece? Domani sarà la vigilia di Natale.»

«Io...» Mi fermo e penso a che programmi ho veramente. «Io e la mia coinquilina prepareremo la cena e guarderemo dei film da sole», mento. Mi dispiace non avergli detto la verità, ma so che solo così potrei evitare di fargli pensare continuamente al fatto che io sia qui da sola per le feste.

So che Cain ha detto che avremmo festeggiato insieme, ma non so se accadrà sul serio. E anche se così fosse, non voglio dire a mio padre che passerò il Natale con un mio collega dell'università.

«Sembra bello.» La voce di mio padre mi riporta alla realtà. «Vuoi parlare con la mamma?»

«Penso sia meglio se le lascio fare le sue cose. Vi chiamerò più tardi, però.»

«Va bene, tesoro. Ti vogliamo bene.»

«E io voglio bene a voi.»

Riattacco e inspiro a fondo. Non ho pianto, nonostante stiano per uscirmi fuori gli occhi. Mi manca così tanto la mia famiglia.

Il telefono squilla di nuovo e credo sia un messaggio di mia madre, dal momento che non è riuscita a parlarmi, ma sorrido quando vedo che è di Cain.

Cain: *Mi ha fatto molto piacere conoscerti ieri. Non vedo l'ora di rivederti.*

Anch'io, digito poco prima di cancellare il messaggio. Mi è piaciuto passare del tempo con lui ieri, ma c'è ancora una voce fastidiosa sul retro della mia mente che mette in dubbio le sue motivazioni. Cain ha detto di voler fare impazzire Angelica e farle credere che siamo amici, ma c'è di più sotto? Che sia attratto da me? Voglio dire, altrimenti perché un ragazzo fingerebbe così se non fosse davvero interessato?

Cain

Finisco di allenarmi, poso l'asta sulla rastrelliera e mi alzo. Pur essendo la mia solita routine del mattino, oggi mi sembra diversa. Invece di essere arrabbiato con il mondo, come sempre, sorrido come un cane felice con il proprio osso.

«Perché sorridi?» Mi domanda Noah, il mio migliore amico.

«Non posso star bene dopo un allenamento?» Ribatto, avviandomi verso lo spogliatoio.

«Puoi, ma di solito non succede. E quando sei entrato stamattina, sorridevi già. So che non ami la mattina presto e che non sei esattamente una persona allegra...»

«Lo dici come se non sorridessi mai.»

«Perché è così. Sei un burbero figlio di...»

Gli do un pugno sulla spalla prima che possa finire. «Sì, certo», lo zittisco, afferrando l'asciugamano dall'armadietto e andando verso le docce.

«Non dirmi *"sì, certo"*. Dimmi che ti sta succedendo.» Sorride quando lo guardo e scuoto la testa. Siamo amici dalla quinta elementare, e siamo andati a scuola insieme fino al liceo. Quando ho deciso di iscrivermi all'università, e lui ha deciso di adagiarsi sulla fortuna di famiglia, le nostre strade si sono divise. Adesso non fa altro che ridere di me ogni volta che gli parlo del mio carico di studio. Non capisce perché uno come me, con ottime disposizioni finanziarie da almeno sei generazioni, possa preoccuparsi di qualcosa di così "poco importante" come lo studio. Parole sue.

Rassegnato, alla fine cedo. «Ho incontrato una ragazza.»

«Ohhh, una ragazza! Attenzione, signore e signori, Edward Cain Peterson III ha incontrato una ragazza!» Annuncia al vuoto cosmico. Questa palestra è privata ed è una proprietà congiunta di entrambi. Siamo i primi ad entrare, e i locali non apriranno almeno finché non saremo andati via.

Lo schiaffeggio con l'asciugamano. «Sta' zitto.»

«Chi è lei?» Mi domanda, curioso da morire.

«Non è affar tuo.»

«Oh, certo che lo è! Sorridevi come se ieri sera ci avessi dato dentro, finalmente. Non ti vedevo così di buonumore da almeno... Be', mai.» Si ferma, spalancando gli occhi. «Oh Dio, ci hai *dato dentro*?»

«Davvero, non sono affari tuoi. Comunque no, non l'abbiamo fatto. Siamo rimasti a guardare film e parlato per diverse ore, ieri.»

«Film e parlato? Per diverse ore?» Ripete ogni frase come se fossero l'una più oltraggiosa dell'altra. «Adesso sì che devi parlarmi di lei.»

«Si chiama Addison, è arrivata da uno scambio con gli Stati Uniti.»

«Una Yank?» Annuisco. «Quindi non starà qui per molto?» Mi domanda, ricordandomi che il mio tempo con Addison ha una scadenza.

«Ha ancora un semestre.»

«Non scegli mai la strada facile, vero?» Commenta lui, e so esattamente cosa vuole dire.

Parafraso la citazione di una delle mie poesie preferite. «La via più difficile è la più divertente.»

Come previsto, Noah non la coglie minimamente. «Quando la rivedrai?»

Entro in doccia e mi chiudo la porta dietro. Aprendo il rubinetto, alzo la voce per superare il grondare dell'acqua. «Non ne ho idea.»

«Non torna a casa per Natale?» Urla lui di rimando.

«No. A dire il vero...» Mi fermo e rifletto se dirlo o meno. Se lei vuole che lo faccia.

«A dire il vero?» Insiste Noah.

«Passerà il Natale con me.» La mia dichiarazione viene accolta dal silenzio.

«La porterai a casa per Natale? Sei serio?» Chiede lui, sbalordito. Sono contento che non stiamo avendo questa conversazione faccia a faccia.

«Già.» Non ho considerato assolutamente niente. Non so cosa potrebbe pensare la mia famiglia del fatto che porti una ragazza a casa. Non so nemmeno se Addison vorrà venirci. Cristo, cosa penserà della mia famiglia, della mia vita? È l'epitome di tutto quello che lei non ha.

Avrei dovuto riflettere su tutto questo prima.

«Sul serio?» Chiede Noah, ancora sconvolto. Non lo biasimo però. La mia famiglia è un po' *troppo* da digerire.

«Già», rispondo di nuovo.

Chiudo l'acqua e mi avvolgo l'asciugamano intorno. Pochi secondi dopo, ho Noah alle calcagna pronto a farmi altre domande.

«Pensi che sia pronta a incontrare i tuoi genitori?»

Mi infilo i pantaloni e la maglietta, sedendomi per mettere le scarpe. «Non è questo. È che non poteva tornare a casa per Natale e non volevo che stesse da sola.» *Volevo che stesse con me.*

«Oh, e così ti è venuta voglia di fare un gesto carino e invitarla a stare con te e la tua famiglia?» Esclama lui, prendendomi in giro, ma con una certa preoccupazione nascosta nei suoi toni.

Lo guardo e scrollo le spalle. «Una cosa del genere.»

Noah si tira la maglietta sulla testa. «Sarà interessante. La incontrerò alla vigilia di Natale?» Noah e la sua famiglia trascorrono ogni Natale con noi. È una tradizione che rispettiamo sin da quando eravamo più piccoli.

«No, passeremo solo il Natale con i miei.»

Noah finisce di cambiarsi ed entrambi ci avviamo per uscire dalla palestra, proprio mentre il personale entra. Noah lancia la borsa sul sedile posteriore della sua macchina e apre lo sportello del guidatore. «Immagino che vi vedrò per Natale, allora», commenta entrando dentro.

«Sì, certo», rispondo salutandolo con la mano. Adesso dovrò solo convincere Addison che sia una buona idea.

CAPITOLO 7

Addison

Suonano al campanello e, mentre vado a rispondere, i miei passi sono più leggeri sapendo che Angelica non è qui. Non riesco a togliermi il sorriso dalla faccia, ma ad essere onesta, non è questo l'unico motivo per cui sorrido come un'idiota. Cain ed io ci siamo scambiati messaggi tutto il giorno ieri, e non mi vergogno di ammettere che mi sto prendendo una cotta davvero seria per lui.

Mi premo una mano sullo stomaco nel tentativo di calmare il nervosismo. Con un sospiro, apro la porta e ci trovo un meraviglioso Cain dall'altro lato. Il mio sguardo scorre su di lui, osservandone il maglione nero, i pantaloni cachi e il berretto di lana. Ha un aspetto più elegante di quanto abbia mai visto, ma è comunque stupendo.

«Ti stai godendo la vista?» Mi chiede, e sento le guance andare a fuoco.

Con gli occhi bassi, dico: «Scusa.»

Lui mi solleva il mento finché i nostri sguardi non si

incrociano. «Non devi scusarti. Mi piace il modo in cui mi guardi.»

Scuoto la testa e faccio un passo indietro, lasciandolo entrare. «Mi servirà qualche minuto in più per prepararmi», lo avverto, fluttuando praticamente verso la mia stanza. Spingo la porta e mi fermo davanti allo specchio, a guardare il mio riflesso. Ieri sera, Cain mi ha detto che si aspettava che io tenessi fede alla mia parte dell'accordo e passassi le vacanze con lui. Mi ha un po' stordita, però, quando mi ha detto che avrei dovuto passare anche la vigilia di Natale con lui.

«Sei perfetta.»

La mia testa balza su al suono della sua voce. È in piedi appena dentro la mia stanza, appoggiato allo stipite della porta. Nervosa, mi liscio il maglione largo che ho addosso, tirando giù le maniche. «Non mi hai detto cosa faremo.»

Cain mi sorride ed entra in stanza. Facendo scivolare una mano lungo la mia guancia, mi spinge delle ciocche sciolte dietro l'orecchio, indugiando ancora un po' con le dita lì. Chiudo gli occhi mentre si avvicina e mi posa un leggero bacio sulla guancia. Quando li riapro, sorride. «Sei mai stata a Londra per Natale?» Chiede, come se non avesse appena scosso le fondamenta su cui stavo in piedi, con il suo tocco e il suo splendido sorriso.

Scuoto la testa.

«Volevo accertarmene per prepararti a domani.»

La sua frase mi incuriosisce. «Prepararmi»

«Be', tanto per cominciare, i mezzi non funzionano il giorno di Natale.»

«Okay...» Questo è un po' fuori dalla norma.

«E Londra è praticamente deserta.»

«Vanno via tutti per Natale?»

«Non tutti, ma di certo non stanno in giro.» Cain fa un cenno al soggiorno. «Pronta ad andare?»

Annuisco e, mentre usciamo dall'appartamento, afferro la giacca invernale dal gancio vicino alla porta. Cain aspetta che io chiuda a chiave prima di chiamare l'ascensore.

«Quindi non c'è nessuno in giro a Natale?» Chiedo mentre scendiamo verso l'atrio. Lui scuote la testa. «Interessante. Il Natale da me è da impazzire. Ci sono letteralmente migliaia di persone che camminano per le strade di New York City.»

«Come fa a piacerti?» Mi domanda Cain, con una risatina nella voce.

Arriccio il naso. «È frenetico e terribile. Tutti sono così scortesi l'uno con l'altro.»

«Questo l'ho sentito dire anch'io.» Le porte dell'ascensore si aprono e usciamo entrambi.

«Hai mai visto gli Stati Uniti?» Chiedo.

Cain fa spallucce, tenendomi aperta la porta dell'atrio. «Un paio di volte.»

Non so perché la sua risposta mi sorprende. Mi ha già detto di venire da una famiglia ricca, e di solito le persone benestanti hanno la tendenza a viaggiare molto.

Sorrido. «Ah, sì? E dove sei stato?»

«A New York City, per Natale», risponde lui e io rido. A questo punto capisco perché *sa bene* quanto possa essere folle il Natale dalle mie parti.

«Divertente!» Affondo le mani nelle tasche del cappotto e rabbrividisco. Sbirciando il cielo azzurro e limpido, mi domando se stanotte nevicherà.

«Vieni?» Mi chiama Cain con una risatina. Mi guardo indietro e lo trovo in piedi accanto a una bellissima auto sportiva nera. Annuisco, avvicinandomi.

Apre lo sportello del passeggero, mentre l'odore carico

dei sedili in pelle mi accoglie. «Che stavi cercando lassù?» Mi domanda, indicando il cielo. «Non dirmi che credi ancora in Babbo Natale.»

Scuoto la testa e scivolo dentro la macchina. Con un sorriso, Cain mi chiude lo sportello e va dall'altro lato.

«Non mi hai ancora detto che programmi abbiamo per oggi», insisto una volta che si è seduto accanto a me.

«Ti farò fare un giro a Londra», risponde Cain, e riesco a sentire l'eccitazione nella sua voce.

Accende la macchina e si mette in strada. «Cosa ti fa credere che io non l'abbia già fatto?»

I suoi occhi si fiondano su di me prima di tornare sulla strada. «Se così fosse, non l'avresti fatto comunque con me, quindi non conta.»

«Se lo dici tu», lo prendo in giro.

«Lo dico io, infatti.» Guidiamo in un silenzio tranquillo e confortevole, e mi torna in mente il fatto che, pur avendo cominciato a parlare soltanto due giorni fa, con lui mi sento stranamente a mio agio e non so il perché.

Mi volto a guardarlo, studiando il profilo del suo viso. «Posso farti una domanda?»

«Addison, non devi chiedermi il permesso. Provaci e basta.»

«Okay, ma potresti rispondere onestamente?»

«Io non mento mai.»

O almeno così continua a dire.

Inspiro a fondo, nervosa all'idea di fargli la domanda che mi gira per la mente da un po'. Ho bisogno di sapere perché vuole uscire con me. È interessato a me, o sta solo cercando di preservare la sua reputazione da ragazzo che non mente mai? Apro la bocca, ma quel poco coraggio che avevo accumulato vacilla e cambio direzione. «Dove stiamo andando?»

Cain scuote la testa, sorridendo. «Affitteremo una bicicletta. Questo è il primo passaggio del tour.»

«E il sec...»

«Posso chiederti io qualcosa?» Mi interrompe.

«Certo», rispondo nervosamente.

«Potresti evitare di chiedermi che faremo oggi? Perché se lo farai, non mentirò, ma preferirei non farti sapere i miei programmi perché voglio sorprenderti.»

Ammiro davvero quanto sia diretto e onesto. Almeno così so cosa aspettarmi da lui.

«Sarà come se aprissi tutti i tuoi regali di Natale uno alla volta. Sarebbe terribile se sapessi già cosa riceverai», aggiunge, e mi ricorda il Natale con i miei genitori.

Non so cosa voglia dire aprire più regali a Natale, ma so cosa si prova ad aspettare di aprirne anche solo uno. Nonostante i nostri pochi soldi, in famiglia abbiamo la tradizione di scegliere un nome da un cappello e fare un regalo a quella persona. Dev'essere qualcosa di significativo, qualcosa di poco costoso, ma ben pensato.

«Va bene, non farò più domande sui nostri programmi di oggi.»

Cain mi mostra il suo sorrisetto. «Bene.»

Cain

Il sorriso sul suo volto quando finiamo di guidare le nostre biciclette mi fa sentire come se ogni piccola cosa che ho programmato per oggi ne varrà la pena. Ho pensato ad attività che speravo potessero piacerle, premurandomi di rendere questo giorno il più memorabile per lei. In fin dei conti, chi saprà mai quando potrà passare di nuovo un Natale a Londra.

«Non guidavo una bicicletta da secoli», mi dice mentre parcheggiamo le bici nel luogo apposito.

La guardo, osservando il rosso delle sue guance e il luccichio nei suoi occhi. «Non l'avrei mai detto. Praticamente sei salita su e sei partita come se fossimo ad una maratona.»

Lei ride. È una risata ricca e gioiosa che mi fa sorridere in risposta. «Ma poi ho rallentato!»

«Perché non sapevi dove stavi andando», le ricordo.

«Giusto. Ho solo... Dei ricordi di quando ero piccola, sai?» Si strofina le mani per scaldarle. «Mi stavo divertendo troppo. Scusa.»

Le afferro le mani, tenendole tra le mie. «Allora, mi stai dicendo che ho tirato fuori la bambina che è in te?»

«Una cosa del genere», risponde lei, guardando le nostre mani unite. So che è strano il fatto che continui a toccarla dopo averla conosciuta solo un paio di giorni fa, ma non riesco a trattenermi. Fare queste cose con lei mi sembra giusto.

Anche se so che non dovrebbe.

Anche se so che non durerà.

«Hai fame?» Le chiedo, guidandola verso alcuni punti ristoro.

«Un po'.»

«Andiamo a mangiare qualcosa, allora. Ne avrai bisogno se vorrai affrontare il resto della giornata.»

* * *

Prendiamo del cibo da un pub nelle vicinanze e parliamo un po' dei motivi che l'hanno spinta a venire a Londra e delle sue tradizioni natalizie, che ci portano a parlare anche delle sue feste preferite. Prima di accorgercene, trascorrono diverse ore e il sole è tramontato.

«Sei pronta per andare?»

«Sì», risponde lei. Guarda fuori dalla porta. «Da quanto siamo qui?»

Faccio un cenno alla cameriera, che ci porta il conto. Addison si muove per afferrare il portafogli, ma io la blocco con uno scatto della mano e tiro fuori qualche banconota.

Mi alzo e lei mi segue. Prima che possa allungare la mano verso il cappotto, lo afferro, porgendoglielo mentre lei ci infila dentro le braccia.

«Adesso che si fa?» Mi domanda.

«Ti riporto a casa», le dico, e il modo in cui abbassa le spalle e il suo sorriso si spegne mi fa sentire meglio di quanto dovrebbe. Si sta divertendo tanto quanto me. Fortunatamente per entrambi, non è ancora finita. «Sto scherzando. Ho ancora un paio di cose in programma, se sei pronta.»

Il suo sorriso torna al meglio. «Certo!»

Percorriamo la breve distanza fino a Hyde Park, rallentando così da poter cogliere tutto quando le luci si accendono.

«Wow», esclama lei, guardandomi con un sorriso.

Avevo immaginato che fosse il tipo di ragazza a cui piacciono cose del genere. D'impulso, intreccio le dita alle sue. «Ti presento *Winter Wonderland*.»

«Sul serio?»

«Sul serio.»

Lei indica la Big Wheel. «Ti prego, dimmi che andremo là adesso.»

«Be', non era nei piani originali, ma lo sguardo che hai non mi lascia altra scelta.»

Lei sposta gli occhi dal parco a me. «Luci di Natale, musica e giostre!» Pronuncia ogni cosa con sempre più gioia.

«E cibo», aggiungo.

«Ma abbiamo appena mangiato.»

«Abbiamo mangiato più o meno tre ore fa, mentre aspettavamo il tramonto.»

«E questo era nei tuoi piani?» Mi domanda. È sorpresa che abbia pensato a tutto prima. Devo dire che anch'io mi sorprendo. Riesco praticamente a sentire Noah dirmi che sta arrivando l'apocalisse, per come mi sto comportando.

«Tutto quanto.»

«Grazie infinite», esclama Addison, stringendomi tra le braccia. Preme il suo corpo contro il mio, modellando le sue curve più morbide contro il mio corpo rigido. Abbassando la testa, inspiro a fondo, tirandola a me come se potessi tenerla qui per sempre. Percepisco l'istante in cui mette in dubbio le sue azioni, e colgo l'occasione per stringerla più forte, passandole le dita tra i capelli.

Quello che provo per Addison è un'attrazione pericolosa... Che sicuramente esplorerò.

Alla fine ci lasciamo andare e faccio un passo indietro, dando a entrambi un attimo per ricomporci. «Allora, che vuoi fare prima?» Chiedo quando sono sicuro che la mia voce non tradirà neanche un po' quello che mi ha appena fatto provare.

Lei si morde il labbro. «Sei tu lo stratega. Dimmi tu.»

«Andiamo alla Big Wheel prima.»

CAPITOLO 8

Addison

«Pattinaggio sul ghiaccio, sul serio?» Chiedo a Cain mentre mi porta sulla pista. *Winter Wonderland* è un nome perfetto per l'evento. È un mix di luci natalizie, alberi, musica, negozi e cibo. Se mai dovessi perdermi qui, non vorrei farmi trovare da nessuno.

«Immaginavo che ti sarebbe piaciuto», commenta lui con un sorriso spensierato. Non posso fare a meno di ricambiare al ragazzo che si è fatto strada nel mio cuore in pochi giorni.

«Non ti facevo il tipo da pattinaggio sul ghiaccio», gli dico mentre prende due biglietti al box all'ingresso.

«Ho giocato a hockey sul ghiaccio per qualche anno.»

Diamo la misura delle scarpe al ragazzo che lavora allo stand dei pattini e lui ci consegna i nostri. Ci avviciniamo alla panchina, ci sediamo e mi concedo un istante per godere dell'odore di Cain. Un odore forte, di potere.

Tolgo le scarpe e metto i pattini. «Quindi mi stai dicendo che mi insegnerai a pattinare?»

«Non lo sai fare?» Chiede lui con finto oltraggio. «Il pattinaggio sul ghiaccio non è roba da americani?»

«Non mi piace molto il freddo. Ho provato a farlo quando andavo al liceo, ma sono caduta fin troppe volte e non ho mai più provato.»

«Allora ti darò lezioni io, oggi. Prometto di non farti cadere ai miei piedi.»

Sorrido. Sta promettendo qualcosa che non potrà mai fare, perché sono già ai suoi piedi.

«Pensi di poter tenere fede alla tua promessa?» Gli domando.

Inginocchiandosi davanti a me, mi afferra il piede, mettendoselo sulle ginocchia per stringermi i lacci dei pattini. «Non ne sono sicuro, ma potrei provare.» Alzandosi, mi tende la mano e io la prendo, scollandomi dalla panchina. Camminiamo insieme verso la pista, mano nella mano.

«Pronta?» Mi chiede.

«Sì?» Rispondo con una risatina nervosa.

Mi guida sul ghiaccio, stringendomi dolcemente le dita. «Andrà bene.»

Il mio corpo si scalda alle sue parole, ed è una sensazione che non voglio ancora analizzare. Non adesso, comunque. Al contrario, mi concentro sulla forza della mano di Cain nella mia. Comincia a trascinarmi sul ghiaccio, i pattini che scivolano dolcemente sulla superficie finché non comincio a vacillare. Ricordo di quando mi sono fatta male l'ultima volta che sono scivolata e caduta col sedere per terra.

«Cain, non sono sicura...»

«Ci sono io», mi rassicura lui, stringendo la presa.

Nonostante l'inizio traballante, più a lungo stiamo sul ghiaccio, più comincio a sentirmi sicura. Pattinare ad Hyde

Park di notte con Cain accanto non è proprio quello che avevo in mente per oggi, ma è molto meglio di qualsiasi cosa potessi immaginare. Le luci splendono intensamente mentre giriamo intorno al gazebo, facendoci sentire come se fossimo sotto un cielo pieno di stelle. Anche se il posto è pieno di coppie e famiglie, mi sembra di stare da sola con lui.

La serata diventa ancor più perfetta quando inizia a cadere un sottile velo di neve fredda.

«Sta nevicando!» Esclamo, come se non ci fossi abituata.

«Anche a Londra nevica, sai?» Mi stuzzica lui e gli do una pacca sulla spalla. Lo slancio però mi fa perdere l'equilibrio e cado, atterrando forte sul sedere.

«Ecco», dice Cain, tendendomi la mano.

Le sue dita forti avvolgono le mie. «Hai promesso di non farmi cadere.»

«Lo so. Mi dispiace», sussurra lui, ma il sorrisetto sul suo viso mi dice il contrario. Gli stringo la mano con più forza e invece di farmi tirare su, lo sorprendo e lo tiro giù con me.

«Wow. Mi porti a fondo con te? È così che funziona?»

«Non voglio essere l'unica a cadere ai tuoi piedi.» Le parole mi sfuggono dalle labbra, con più sincerità di quanto volessi.

«Non lo sei», sussurra lui.

Non so se le sue parole abbiano un altro significato, ma aleggiano nell'aria tra di noi. Nessuno dei due osa parlare o rompere l'incantesimo, mentre il resto del mondo va avanti senza di noi.

Cain è il primo ad alzarsi, dandomi di nuovo la mano. Questa volta la prendo e gli permetto di tirarmi su. Siamo così vicini l'uno all'altra che i nostri petti sono premuti insieme e riesco a sentirlo respirare. «Vogliamo chiudere qui la serata?» Mi chiede lui con un sospiro.

«Cosa vuoi fare dopo?» Rispondo io, non volendo che la giornata finisca così. È stata a dir poco magica, una vigilia di Natale come nessun'altra.

La neve continua a cadere mentre Cain si fa più vicino. Mi circonda il viso con le mani calde, lo sguardo fisso sul mio. «Cosa vorrei fare dopo?» Ripete.

Mi si mozza il fiato e riesco a malapena ad annuire.

«Vorrei baciarti.»

Sporgendosi in avanti, preme le sue labbra contro le mie, prima dolcemente e poi con più intensità. Le mie mani corrono ai suoi capelli, tirandolo ancora più a me, finché non capisco più dove finisca lui e dove cominci io. Niente potrebbe essere più perfetto di questo momento, di questa serata...

Di questo ragazzo.

RIGUARDO L'AUTRICE

Gianna Gabriela è una ragazza di provincia che vive a New York. È una scrittrice appassionata e una lettrice accanita, tanto che considera la lettura la sua droga. Scrive soprattutto Young Adult e New Adult Romance. I suoi romanzi parlano di sexy uomini alfa e forti eroine di cui c'è sempre bisogno.

In Italia, la serie *Bragan University* è pubblicata da Queen Edizioni.